명태가 웃는다

작가기획시선 047

명태가 웃는다

양상보 시집

작가

이제 두 번째 시집에
65편의 돌다리를 놓습니다.

간격도 크기도 고르지 못하지만
하나둘씩 제자리를 찾느라 마음을 다한
3년의 소출입니다.

그쪽에서 그대, 건너오신다면
이쪽에서 나, 이슥토록 기다리겠습니다.

2026년 4월
양상보

차 례

시인의 말

1부 부재중인가요?!

2부 절박한 방정식

3부 밥 혹은 설법

4부 날숨의 법칙

5부 오거리에 서다

해설

1부

부재중인가요?!

기어 중립

당기고 밀어내며
살아내는 일상 속에

변속기의 일과는
D가 주역이지

지금은 생각할 시간
N의 마음 헤아리기

아귀토가 위험해

겨우내 몰아쳤을 삭풍 다 이겨내고
화살 같은 장대비도 우직하게 버텨내고
수키와 끄트머리에 매조지듯 들어앉은

세월에 장사 없다고 그러다 뒤틀어진
봄볕에도 어긋나는 야윈 뼈의 기왓장
하늘을 공손히 받든 용마루가 움찔한다

이순을 넘기느라 덜컹대는 에움길에
겹쌓인 시조 삼 장 머리맡에 모셨는데
바람이 지나갈 때면 실금이 가곤 한다

토마토 시편

낙동강 하구 어디 퇴적층 출신이라네

푸릇한 토마토가 물 건너 찾아왔네

아직도 억척스런 힘 싱싱하게 드러내네

어라, 한두 개씩 볼 붉은 각시가 되네

오늘도 어제처럼 입맛대로 익어가네

밤새워 낳은 시편도 저리될 날 있겠네

아카시아 잎

할까, 말까, 망설임을
하필 네게 묻는다니

하나씩 떼어가며
차례로 다그치다

결국 다 뜯겨나갔다
내 마음을 들켰다

절대자 권력 앞에
무기력한 네 몸뚱이

어찌 이리 되었을까
끊임없는 확인 증세

무서운 갑질이구나
여름이 갈 때까지

오일장 스케치

썰물과 밀물 사이 모슬포가 동그마니

조간대 그 자리엔 갯강구가 나부댄다

바다는 달그락거리고
해는 아직 중천이고

철 이른 봄동꽃을 두둑하게 이고 와서

속내까지 탈탈 터는 시장통은 만원사례

하모리 할망국수집
통국자도 바쁘다

다림추에 관하여

처마 끝 겨울 볕은 잰걸음에 익숙하다
저 홀로 어깻죽지 어느덧 푹 내리고
사면을 가다듬으려 기울듯 흔들린다

삐걱대며 들어선 주춧돌 위 기둥 끝에
털버덩 돌멩이는 매달린 북어처럼
묵묵히 외길을 걷던 대들보가 위험하다

초심은 어디 두고 기우뚱 흘러내린
떠받쳐 버텨보는 내 마음의 서까래
누군가 나를 잡아줄 그 시간을 기다린다

볼륨은 매직,

뒤축이 얇아져서 주저앉는 구두처럼
이순의 머리카락 숱도 적고 힘이 없다

거울에 비친 모습이
물 젖은 깃털 같다

머리부터 들이밀며 용사처럼 들어섰다
손끝에 말려지는 펌 용액의 찡한 냄새

이제는 매만질수록
마음 키도 일어선다

태그tag갈이

동대문 시장 어귀
마네킹에 입혀놓은

꽃무늬 티셔츠가 똑같이 백화점에?

서너 배 올라간 가격
태그값이 분명해

방금 받은 시집 속에
왠지 낯이 익은 작품

사본은 A가 되고 원본은 B가 됐다

여백도 그럴듯하게
복사하고 붙여넣고,

부재중인가요?!

독촉장 날아들 듯
끊임없던 소식들이

뚝 끊긴 연락선 같다, 덩그러니 전화기만
삶이란 외로울 새 없다는 그 말이 더 외로워

딱, 한마디 하고 싶은
딱, 한마디 듣고 싶은

씽긋 웃던 눈웃음만 마음에 들고나고
둘레길 쑥부쟁이꽃 올랑올랑 어릿대고

명당 왈터,

산 밭 한가운데 저승이 누웠다니,
청룡 백호 간데없이 무표정한 모습이네
수긋한 흔적만 남은 닳아진 행색이네

봉분을 뚫고 나온 소나무 서너 그루,
자손이 끊겼는지 골총이 다 되었네
누구를 기다리는지 가을볕에 처연하네

땅을 내어준 죄 벌초로 갚으라고,
곁에서 아버지가 한 말씀 낳으시네
그제야 속기침하는, 집 한 채가 말끔하네

덕돌포구

섬에 남아 산다는 건 태풍을 품어내는 일
온밤을 뒤척거리는 어둠의 몸짓으로
태흥리 바다 끝에는 외등 하나 서 있다

도도한 노을이거나 바람 든 바람이거나
우르르 밀려왔다 스러지는 포말 너머
울음을 막 끝낸 아침 수평선을 긋고 있다

항복 문서

내 주변 망보다가
이때다 침을 꽂는

처서 무렵 저 모기는
아직도 끄떡없다

콧잔등 붉어진 영토
백기를 드는 저녁

그, 모나리자

남자는 태어나서 세 번은 운다는 말
나와는 상관없어 시시때때 눈물이다
어제는 19번 채널로
오늘은 6번 채널이

통제가 되지 않는 막무가내 이 눈물샘
누가 또 건드리나 눈시울이 뿌옇다
모가 난 성질머리도
잡아주지 못한다

그때마다 내 손길에 기꺼이 뽑혀 나와
말없이 닦아주다 제풀에 젖고 마는,
마음껏 울어보라고
두 겹씩 앉은 여자

2부

절박한 방정식

명태가 웃는다

징용으로 끌려가듯 난바다 끌고 와서

덕장도 동장군도 겹겹이 지켜 섰다

두 눈을 부릅뜬 채로 줄줄이 매달렸다

찌부러진 지느러미 이제 훌훌 털어내고

저울대도 필요 없이 좌판에서 맞은 해방

시장통 봄빛 나들이 페인 입도 벌어졌다

절박한 방정식

나미비아 사막 언덕 꽁무니를 쳐들고서

안개를 기다린다, 물방울을 모으려고

미지수 값을 알아낸 푸른 핏줄 생명수

여명을 섬겨야만 여명을 다시 보는

숙명의 딱정벌레 숨 막히는 대면이다

진정 날 찾아가려면, 엉덩이를 들까요

청탁서

획 굵은 빨간 글씨
원고 마감 기일 엄수

밤새도록 앉혀 봐도
뜸이 들지 않는 시편

날짜가
코앞에 섰다
오늘 밤은 기필코!

천미천川尾川
– 제주올레 3코스

잊는다고 잊어지나 먼 길 둘러 돌아왔지

가다가 막히고 돌아가다 또 막혀도

얄궂은 철책만 같은 오름도 비껴간다

너에게 닿기 위해 내달리며 지나온 길

만나자 꼭 만나자 천 번을 되뇌듯이

저물녘 들뜬 바다가 슴벅이며 씻는 울음

바랭이풀

텃밭 안 다문다문 자리를 잡고 앉아
그 누구 못지않게 무럭무럭 키가 컸지

세상을
다 가질 듯이
대평원을 이뤘어

그런데 잡초라니, 천하에 쓸데없는
호미 날이 동강내는 형벌에도 순응했지

이슬 끝
소신공양 중
다음 생엔 꽃이 될래

발바닥 파문

두 평 반 독방에서 일상이 지나간다

담장만큼 높게 쳐진 단절의 벽을 두고

외딴섬 따로 없구나, 갇혀 사는 일이란

큰일 날 것만 같이 위만 보고 걸어왔지

접지선 내리꽂고 땅에다 기댄 마음

맨발로 걸어가는 게 생존의 법칙이지

그때그때 달라요

1
부고장이 날아왔다 왕래 없던 동창에게
무표정한 조화 사이 공손하게 서 있다가
두 손을 길게 내밀며 지나치게 알은체다

2
무더기 수박 통들 하품 한번 화통하다.
그냥 지나칠 땐 눈인사도 없는 주인
수박을 사러 갈 때만 입꼬리가 올라간다

3
느닷없이 소환받은 무의미한 회의 안건
질문지가 서로 다른 두 갈래 온도 차이
갈개발* 기다리시나, 눈치껏 수긋하다

* 권세 있는 집안에 붙어서 덩달아 세력을 부리는 사람을 이르는 말.

저쪽

새로 받은 번지수는
이리도 엄연하다

영면의 세상 들 때
낯익은 이쪽 이름

한라산
아흔아홉골
한 뼘 남짓 잡은 터

이건, 아니지

어린 날 감나무 아래 술래가 외칩니다
움직이면 죽는다고 "무궁화꽃이 피었습니다!"
서로를
믿으며 놀던
그때가 그립습니다

마을 어귀 사거리길 빨간불이 외칩니다
잠시 멈추라고, 야수다 짓 안 된다고,
그 순간
자동차 한 대
못 본 척 내달립니다

열과裂果

속 터진단 그 말뜻을 이제야 알 것 같다
성장판 열어가며 한 발 한 발 내딛는데
폭염에 국지성폭우, 나를 치고 갈 줄이야

바다 보고 살면서도 수평선은 겨워지고
아직도 갯가에 가면 울렁증이 도져오고
자꾸만 등을 돌리자, 가슴팍엔 금이 가고

가을 끝물

부석사 절 마당을 부처가 쓸고 있다

흩날리다 남겨지는 공양 같은 낙엽 더미

뜬 돌은
수행 중이다
절집을 품어가며

빨갱이 섬은 없다

아들아, 네 생각을 글로 남기지 마라
유언처럼 내뱉은 아버지의 한 마디
다시금 메아리쳐 온다 무자년 그 목소리

단칸방에 들이닥친 저편의 불빛 총구
재판장 불려와서 들은 말은 이름뿐
칠흑 속 살아온 세월 한 줌 빛은 하마 올까

기록도 없는 날의 기억만 남은 폭력
칠십 년을 버텨내다 법정을 나서는 길
"온몸이 움찔거렸어, 날개 없어 못 날 뿐"*

* 김평국 할머니가 무죄 판결을 받고 법정을 나서면서 한 말.

담쟁이집

팔뚝이 야윈 채로 벽을 타는 이파리들

앞날도 자우룩한 조계사 앞 좁은 골목

젊음만 홀로 저물던
양철 대문 그 하숙집

지나온 시절만큼 골목들은 다 떠나고

붙잡은 외등만이 그 시간 그대로다

아직 날 기다렸구나
눌러앉은 그 옛집

3부
밥 혹은 설법

어가한면도漁家閑眠圖*

배 두둑한 가을볕이 닻을 내린 포구에서
바다의 고된 물살 계선주에 묶어 놓고
머리는 고향 쪽으로, 순한 잠에 들었다

동남아 어느 나라 한 가정을 짊어지고
돌고 돌아 터 잡느라 이곳이 되었구나
맨 처음 옹골찬 다짐 한시도 잊지 않고

삐걱대는 선미에서 챔질마저 잊은 채
질곡의 시간들은 입주름에 숨긴 채
힘주어 감은 두 눈이 출구를 찾고 있다

* 단원 김홍도 그림.

어떤 힘

시장통 손수레의 짝을 놓친 양말들이

이리저리 손에 치여 천덕꾸러기 신세로다

이마를 마주 댄 채로 오므려준 양말코핀*

하나는 아무래도 불안전이 엄습하고

한 켤레란 말속에는 결곡함이 스며들어

주례사 말끝에 덧댄 비익조 같은 모습

* 양말을 한 켤레씩 묶어주는 핀.

산길 소나기

하늘은 검부잿빛
산마루에 앉아있다

어질머리 첩첩 구름
파란의 시간들이

순식간 쏟아져 내린다
등짝 한번 가뿐하다

말미오름

세상을 숭숭 뚫고 거뭇하게 오는 새벽
동틀 무렵 섬 끝 마을 내 안에 꿈틀댄다
오름도 저만치 서서 두 눈을 감고 있다

질곡의 하늘 아래 이어지는 유칼립투스
칼날 같은 눈초리를 십자가로 받아내며
그토록 닿고 싶었던 산티아고 순례길

지금 여기까지 헛걸음은 아니라고
무수한 독백으로 삭혀냈을 야고보처럼
돌팔매 다 받아냈던 순례자를 만난다

고등어가 되기까지

새벽도 숨 고르며 밀물로 들어찬다

포구에서 뒤척이던 비릿한 고도리들

실눈 뜬 지폐 한 장에 한 바구니 담겼다

어판장 파장 무렵 애련히도 젖은 눈빛

바다가 가르쳤던 무수한 곤두박질로

시간을 헤엄쳐왔다 오늘을 키워왔다

포크레인 버켓

이른 봄 대낮부터 아파트 공사장에

굉음에 힘을 얻어 하루를 파고 있다

칠흑을 견뎌냈는지 시뻘건 모습으로

어린 날 놀이터에서 휘둘리던 그 아이가

어스름 그림자에 끌려가곤 했던 네가

눈총도 아랑곳없이 억척같이 돌아왔다

두더지 게임

동네 문방구 옆 두더지 잡기 한창이다

살자고 튈 때마다 망치 끝 웃음소리

미친 듯 후려쳐 봐도 맥없이 끝이 나고

신도시 아파트 가격 두더지로 시끌벅적

발칙하게 뛸 때마다 최상대책 내놓지만

언제나 헛방놓기뿐 저리 불쑥, 이리 불쑥,

빼앗긴 벼슬

발긋한 여드름도 엄마 눈엔 꽃이라서
바다를 아들 뒤에 보란 듯 펼쳐놓고
카메라 셔터를 누르는 엄마의 들뜬 표정

미간을 찡그리며 심드렁한 저 녀석을
사춘기라 그렇다며 싸고돌기 바쁘시네
오춘기 돌입한 나는 아랑곳도 없는 아내

꽃국 한 그릇

나지막한 초가지붕 흑백의 어린 추억
고무신도 훌쩍대던 하굣길 할머니 댁
웃드르 망오름 너머 처마 끝이 보인다

낙오자 외톨이여도 뿌리 꽉, 움켜줬다
한라산 삭풍 아래 시퍼렇게 엎드린 채
배고픈 봄날을 살린 납작배추 된장국

파도로 삭혀 내린 바닷물에 좋이 씻어
억장을 무너뜨려 오장을 열어놓고
애끓는 가슴 채우는, 국물 또한 뜨끈했다

살얼음 물리치며 한 발씩 내닫는 날
지친 나를 받아주는 연노랑 저 봄동꽃
신미루 낮달 그림자 웃날 들 듯 환하다

배꼽시계

웃다가 또, 웃다가 열 백 번도 빠졌지만

허접한 경흔莖痕자리 허기를 기록한다

생명 줄 어찌 이었나, 팽개쳐진 애물단지

더듬어 본 한가운데 오므려진 상처 딱지

무심함 아랑곳없이 때마다 제 일하는데

난 아직 덜떨어진 채 끼니나 챙겨 먹는

저 꽃을 어이 할꼬,

망사리 짊어진 채
삭풍에 절인 날들

육십 년 물질하며
꽃 타령만 되뇌다가

첫걸음 가시리 꽃길
어머니의 혼잣말

죽자 살자 덤벼들던
겨울 끝을 털어내고

팔순의 얼굴 앞에
꽃 걱정이 한창이다

주름살 가닥을 펴며
저 꽃 지면 누가 쓸까

밥 혹은 설법

봉정암 해거름에
받아든 저녁 공양

대접 속 미역국밥
무김치도 서너 쪽

숟가락 툭, 걸쳐있다
모셔 먹는 눈맛 입맛

평형수平衡水 돌담

삼백 리 바닷길을 제주에서 해남까지
물살을 견디고자 배 밑창에 깔아 논 돌
군마軍馬는
흔들림 없이
바다를 건넜다지

팽개치듯 부려지다 쓸모를 알았는지
푸석하고 모난 돌에 어우러져 박힌 채로
담벼락
맵찬 바람살
놓아주고 품어내지

기우뚱 낯선 곳에 나앉은 내 모양새
풍파를 막아주고 세월을 채록하는
든든한
버팀의 밑돌
지금 누가 앉아있지

4부

날숨의 법칙

피식,

바벨의 원리 속에 다져진 어깨 너머

야멸찬 발걸음이 아직은 번드치는데

엉겁결, 덥석 받아든 어르신 교통카드

귤 시다

산 밭에 심어놓고 아기 업어 싸매듯이
짚 한 줌 둘러 묶은 그 겨울의 여린 묘목
오래된 필름이 풀리며
지난날이 펼쳐진다

열아홉에 시집오신 어머니도 저랬을까
태풍을 둘러막고 혹서기 다 견뎌낸
화산섬 거친 숨결을
여우볕에 익혔을까

한번 먹은 마음이야 노랗게 타올라서
스치는 손길 눈길 지극함이 통했는지
베어 문 고백 같은 말,
서귀포 귤은 시詩다

봄은 목련 따라

더디 오는 햇살 줄기 아낌없이 끌어당겨
보란 듯 당도한 꽃 참았던 표정을 봐

줄기 끝 무수하게 핀
어린 것들
품었다

겨우내 목마름을 오래도록 다스리고
창창한 우듬지 쪽 하늘을 이고 있다

수취인 불명의 바람
젱겅대다
달뜨다

얼음새꽃 이야기

새날 빛 하늘 자락 고스란히 받아 안고
반듯하게 맞춰가며 동정을 달아주던
어머니 소매 끝동이 눈발에 해끗하다

사는 날 어디를 가도 그림자로 따라붙어
이드거니 앉아보니 곳곳이 자우룩하다
묻어둔 날들의 고백 잠잠히 들춰내며

봄볕은 호듯하고 잔설은 늑장이고
첩첩 골 찾아들어 어제인 듯 피어있는
막둥이 부르시는지 꽃대 잠시 흔들린다

애인

자정 넘은 귀가에도
언제나 반겨줘요

상냥한 잔소리는
들을수록 약이지요

없으면 이제 못 살아,
내비게이션 숨은 여자

월급봉투

과거는 빛바랠수록 기억이 영롱하다
삼십여 년 가지런히 뭉텅이로 묶인 채
벽장 속 옛날 그대로 옹송그려 앉아있지

이것저것 제하느라 주판알 털어가며
시장통 선술집에 삥땅까지 감추느라
새로 쓴 월급 내역서, 그래도 당당했지

한 사람은 모르지만 평생 나는 기억하지
얄팍했던 그 봉투를 지금껏 모셔놓고
젊은 날 꿈의 자리를 더듬고 있는 아내

도미노 현상

지금껏 맑던 거울
이제 보니 흐릿하다

새치가 덮이더니
어느새 팔자주름

팻말이 넘어지듯이
아니 벌써 이게 뭔가

덤벙대며 내달리다
헛돌던 시절에도

발끝에 닿는 것들
차곡차곡 줄 세우며

자서전 한 귀퉁이를
채워가곤 했는데,

늦은 장마

강정 바다 구럼비* 끝
올라앉은 붉은발말똥게

해군기지 건설 현장
고개 갸웃 바라본다

엄마 게 애가 달아서 발걸음 총총한데

바다에 갇혀 있는
섬의 남쪽 한 그늘에

육십몇 돌계단을
쌓아가는 한 사나이

뭍으로 향한 마음은 잦아들 줄 모른다

* 너럭바위.

갯담

어부는 무릎 꿇고 여명을 기다리고

쌓아놓은 돌담에는 별빛이 스며든다

새도록
넘어온 파도
족바지가 차는 애월

목마르게 몽마르뜨

해마다 가을이면 나지막이 다가온다
지난날 화가의 광장, 그 자리 La Maison Rose*
분홍빛 찻잔 사이로 햇살만 들락거리고

정류장 건너편 너도밤나무 밑에 앉아
무작정 기다리면 올 것만 같은 사람
끝끝내 넘기지 않았다, 추억의 한 페이지

어색한 시간 위에 두고 온 못다 한 말
생각을 접어가며 낯빛을 고쳐 봐도
메마른 목젖 언저리 첫 마음이 걸린다

* 카페 이름.

처마 밑

어머니가 반기신다
한여름 장마철에

꼬투리 터뜨리듯
튕겨나는 빗방울을

어르고 달래주신다
오롯이 받아내며

푸르고 꼿꼿하다
옛집의 양하蘘荷 무리

가슴까지 다 드러난
절절한 뿌리쯤을

숙연히 움켜쥐신 채
날 반겨 앉아있다

날숨의 법칙

법전의 말씀대로 올라보는 산꼭대기

한 계단씩 내 닫으며 어제를 지워낸다

허공에 맑은 울림이 메아리로 오기까지

가다가다 힘이 들 땐 날숨을 풀어본다

시작도 끝마저도 세상에 내놓는 일

마지막 곡기를 물리고 후유, 하고 내뱉던

동백이라 널 부르면

매미 울음 잦아들자 봉긋하게 맺힌 망울

턱까지 숨이 차게 떠오르는 얼굴 하나

발그레 첫 입술처럼 울먹이며 네가 필 때

5부

오거리에 서다

저물 무렵*

백담사 절 마당에 매월당이 앉아있다

시 한 편 펴들고서
고뇌에 찬 모습으로

지나온 시간보다도 더 험한 여정으로

골 깊은 옹어리를 목 놓아 토해 봐도

야광나무 둘레까지
어둠이 엄습하고

결 곧은 그의 눈빛만 밤새도록 환하다

* 김시습 시비.

육묘장 연대기

묘상苗床의 봄 한철은 세상만큼 넓고 깊다

헛발질 투성이던 내 모습을 물끄러미

일머리 따로 있는 법,
핀잔이 날아왔다

한 자 한 자 써넣는 습자지 복판으로

대책 없이 들이대다 허둥대는 시의 걸음

쉬운 건 어디에도 없다,
그 말씀에 젖는 밤

오거리에 서다

봄 안개 내려앉듯 막아선 장벽들에
초심도, 초점도 잃고 끌려가다 막혀버린
혼자서
가는 세상은
대낮도 침침하다

생각을 펼쳐가며 이곳저곳 기웃대도
이정표 없는 길은 묵화墨畵를 쳐 놓은 듯
한발을
어디 놓을까
잿빛이다, 저 사람

해바라기잠*

종가의 작은 아내로 시집오신 왕할머니
네 집이 한동네서 엉키듯 살았다고,
그 틈에 괄시 받으며 평생이 그늘이셨지

제대로 마주 앉아 눈도 못 맞추다가
보름달 뜰 때쯤이나 그림자로 다녀갔다고
생전엔 못해본 질투 저리 누워 하시는가

맨 위 산소 자리 이제 한이 풀렸을까
이승에서 못다 한 정 서너 뼘 챙겨가며
이불 속 발을 맞대듯 이야기꽃 한창이다

* 해바라기 모양으로 빙 둘러 자는 잠.

지귀도地歸島 너는

열 지붕 어디엔들 상흔이 없었으랴

저녁놀 말없음표로 층층이 짙어진다

미당도 고을나高乙那의 딸*도 몽그라진 섬 자락

* 서정주의 시.

아침 단상

여명인 듯 다가온 똥 퍼요! 새벽 외침

해방촌 옆집 창틀 삐죽 내민 삼각 빤스

이불 밑 속사정 들키듯 그 빛깔로 깨던 아침

골목 어귀 과일 점포 귀 익은 사투리를

후다닥 쓸어 담는 심심한 오거리길

고향 집 귤밭 향기가 코끝에 매달렸지

체리피커Cherry Picker[*]

된 놈인 줄 알았는데
될 놈도 아니었다

본분을 제쳐두고 사방을 기웃기웃

한 무리 까치가 날아들어 허겁하게 먹어댄다

번번이 얌체처럼
소식은 간데없고

협잡꾼 후각으로 들이대며 부릅뜬 눈

곶감이 되기도 전에 늦가을은 만신창이

* 케이크 위 달콤한 체리만 골라 먹듯 자신에게 유리한 것만
  취하는 사람을 이르는 말.

울음 천 년

먼 길 돌아 당도한 용광로 불꽃이네
눈을 감고 들어본다 전등사 범종소리
음통音筒도
공명도 없이
정수리를 적신다

당목撞木까지 팽개쳐진 침략자의 공출 대장
무쇠의 담금질이 법음法音으로 매달린 곳
섬에서
섬으로 건너온
마음 한 줌 달군다

나비바늘꽃

겨우 열 살, 새색시가 꽃으로 왔습니다
수원화성 북지北池 터에 별빛을 받아안고
밤새워 흘린 눈물로
새하얗게 피었습니다

도린곁 풀 한 포기도 저마다 길이 있듯
나날이 버텨내며 한 잎 숨결 이어갑니다
스스로 그림자를 봐도
얼굴과 등 뜨겁습니다*

꽃인 듯 꽃 아닌 듯 그렇게 살았습니다
오가는 발길마다 눈길 떼지 못하는 날
한 뼘쯤 낮춘 담장 밑
추임새로 피었습니다

* 『한중록』에서 차용.

나의 노래

생달나무 그늘 아래 가쁜 숨 내려놓자

감기듯 산길 따라 휘파람새 간드러진다

장단을 맞춰가면서 고수처럼 들썩이며,

세상에 맞선다고 소리만 내지르다

목표점 좌표 따라 아등바등 지냈건만

음표를 짚기도 전에 한 박자를 놓쳤다

착각은 자유

#흥,
남자는 다 그렇다, 여자가 웃어주면 그 빵집 드나들
며 휘파람도 신이 났지 빵값은 자꾸 오르고 그녀는 그
대로고

#아!
중학교 교악대 맨 앞줄 나팔바지 도도한 음악 선생님
유독 나를 챙기셨다 때마다 백 점 주셨다 나뿐인 줄 알
았는데

#헉?
밭뙈기 사볼까 초대받은 대출 창구 상환일 될 때마다
검은 양복 어깨들이 집까지 들이닥친다, 참깨밭 뒤엎듯
이

#참…
장가 못 간 노총각이 첫선을 보던 다방 지금도 그 자
리를 후회한 적 없지만 희미한 불빛 조명에 콩깍지를
쓴 거지

간도라Gandora[*]

바다도 초원도 깡마르게 다 들어낸
연유도 알 수 없는 붉은빛 가득하다
동여맨
옷자락 끝으로
들고나는 모래바람

지릅뜬 봉우리가 까치발로 서 있다
세상 곳곳 떠도느라 메마른 목젖으로
낙타가
출렁일 때마다
뱉어내는 속울음

쓰개치마 둘러쓰듯 칭칭 감아올리고
길 없는 사막 길을 애써 찾아 걸어가는
혼돈 속
세상 언저리
쓰다듬는 유목의 밤

* 사하라 지역의 전통의상.

나는야, 장다리꽃

서우봉 능선 따라
바장이듯 다가와서

수평선에 걸린 생각
울컥대며 풀어내면

이른 봄 까치발 없이도
여서도麗瑞島는 눈 맞춘다

존재론적 자장과 서정적 긴장이 주는
미학의 시너지

손진은(시인 · 문학평론가)

존재론적 자장과 서정적 긴장이 주는 미학의 시너지

손진은(시인 · 문학평론가)

1. 숨어 있는 중심

양상보 시인은 만들어진 정형의 형식에 안주하지 않으면서 기존의 미적 판단의 기준을 흔들어 놓는 동력학을 가지고 있다. 그의 형식과 운율은 뭇사람의 마음에 생동감을 불어넣으면서도 탄탄한 중심을 쉬이 노출하지 않는다.

오히려 중심이 숨어 있기에 아름답다. 시인은 숨어 있는 것들이 노출되는 순간, 진정성을 잃는다는 것을 안다. 다음 두 편의 시를 통해 『명태가 웃는다』로 들어가는 길을 안내하면서 그의 작품세계를 탐구하기로 한다.

삼백 리 바닷길을 제주에서 해남까지
물살을 견디고자 배 밑창에 깔아 논 돌
군마軍馬는
흔들림 없이
바다를 건넜다지

팽개치듯 부려지다 쓸모를 알았는지
푸석하고 모난 돌에 어우러져 박힌 채로
담벼락
맵찬 바람살
놓아주고 품어내지

기우뚱 낯선 곳에 나앉은 내 모양새
풍파를 막아주고 세월을 채록하는
든든한
버팀의 밑돌
지금 누가 앉아있지

—「평형수平衡水 돌담」

　　각 수마다 내용의 이동이 자연스럽고도 곡진한 이 시에
서 우리가 눈여겨볼 사물은 감춰진 돌이라는 오브제다.
"물살을 견디고자 배 밑창에 깔아 논 돌", 그것은 첫째 수

에서 선박의 무게 중심을 잡아주는 중요한 역할을 수행한
다. 조금만 삐끗해도 배의 중심이 무너지듯, 삶도 중심이
흔들리면 쉽게 흐트러진다. 그런데 그 돌은 아무도 보지
않는 "배 밑창에"서 수없이 중심을 잡아 "삼백 리 바닷길
을" "군마軍馬"로 하여금 "흔들림 없이" 건너게 한다. 그것
은 낮은 곳에서 다른 이를 위해 무게 중심을 잡고 살아가
라는 지혜가 들어있다. 배의 밑돌은 둘째 수에서 돌담에서
그 쓸모를 다르게 이어간다. 자신을 던져 "푸석하고 모난
돌에 어우러져 박"히고 자신을 숨길 줄 알아야 "맵찬 바람
살/놓아주고 품어내"는 기능을 한다. 이 돌담 역시 사람살
이의 관계성에도 적용되는데, 꽉 막히지 않고 무람없이 섞
이고 살아야 맵찬 바람살로 상징되는 고난을 품고 또 풀어
내는 공동체를 만들 수 있다는 것이다. 셋째 수에서 그 돌
은 시적 화자인 내게로 초점을 향한다. "기우뚱 낯선 곳에
나앉은 내 모양새"라며 스스로를 자책하면서, "풍파를 막
아주고 세월을 채록하는" 역할을 맡은 이를 돌아보는 늠늠
한 자세를 가지는 것이다. 중심을 드러내지 않기는 다음
시도 마찬가지다.

부석사 절 마당을 부처가 쓸고 있다

흩날리다 남겨지는 공양 같은 낙엽 더미

뜬 돌은

수행 중이다

절집을 품어가며

                                    ―「가을 끝물」

서구 시에서 본 기상奇想conceit을 연상케 하는 이 시의
문면적인 이해는 쉽지 않다. "절 마당을 부처가 쓸고", "남
겨지는 공양 같은 낙엽 더미", "뜬 돌은/수행 중이다" 같은
구절을 보라. 상좌가 마당을 쓸고, 낙엽 더미는 부질없이
떨어지고, 스님들이 수행하는 것이 일반적으로 추측할 수
있는 논리다. 그러나 이 시는 그것을 깨트림으로써 역설적
으로 사물을 새롭게 하여 스산한 가을날 절집의 적요를 효
과적으로 드러내고 있다. 시인의 시 문맥은 대체로 인용된
두 편의 스펙트럼 안에 존재한다. 이 전제에서 시가 가진
개성적인 양상을 따라가 보기로 한다.

2. 동심에서 발원한 이미지와 존재론

양상보 시집 『명태가 웃는다』는 일상에서 발견하는 작
고도 촘촘한 오브제들이 많다. 주목할 것은 그 소소한 것
이 세상의 신비가 출발하는 곳이라는 사실이다. 시인은 이

작은 것들의 힘을 발견하는 명랑한 시선을 가졌다.

내 주변 망보다가
이때다 침을 꽂는

처서 무렵 저 모기는
아직도 끄떡없다

콧잔등 붉어진 영토
백기를 드는 저녁

—「항복 문서」

처서 무렵이면 모기도 입이 삐뚤어진다는 속설이 무색하게, 그 작은 것이 덩치가 큰 나와 신경전을 벌이다가 "이때다 침을 꽂"고 달아난다. 이에 시인은 "콧잔등 붉어진 영토"라는 제법 널따랗게 번진 색감을 확인하고서야 다급히 "백기를" 든다. 이 시의 유머와 동심이 빛나는 것은 '항복 문서'라는 두 나라 왕 사이의 전쟁에서나 사용할 법한 용어를 제목으로 얹은 호탕한 면이 엿보인다. 그 작은 것 하나에까지 허투루 보는 법 없이, 눈에 잡힐 듯한 일상의 한 모습을 해학적으로 담아냈다.

하늘은 검부잿빛
산마루에 앉아있다

어질머리 첩첩 구름
파란의 시간들이

순식간 쏟아져 내린다
등짝 한번 가뿐하다

—「산길 소나기」

  역시 동시적 발상이 선명한 이미지 시편이다. 구름을 모
자로 은유한 노래와 시편들도 있지만, "산마루에 앉아있"
는 검불이 타고 남은 잿불빛의 하늘, 그걸 "어질머리 첩첩
구름"으로 읽어낸다. 그 "파란의 시간들"이 참을 수 없는
지경이 되면 소나기로 바뀌어 "한바탕 쏟아"져 내리는 것
이다. 그러고는 구름은 "등짝이 가뿐하게" 되었다고 후련
해한다. 동시적인 감각과 발상의 시편은 이제, 사물에 직
섭 반응하여 댄선을 올리기도 한다.

  시장통 손수레의 짝을 놓친 양말들이

  이리저리 손에 치여 천덕꾸러기 신세로다

이마를 마주 댄 채로 오므려준 양말코핀*

하나는 아무래도 불안전이 엄습하고

한 켤레란 말속에는 결곡함이 스며들어

주례사 말끝에 덧댄 비익조 같은 모습

*양말을 한 켤레씩 묶어주는 핀.

—「어떤 힘」

　여기서도 순수한 발상은 여전하다. 그것은 작은 핀 하나
를 발견하는 시인의 눈에서 기인한다. 시인은 첫수에서
"손수레의 짝을 놓친 양말들"이 "손에 치여 천덕꾸러기 신
세"가 되는 것을 보고, 홀로 떨어져나와 쓸모를 잃어버린
존재의 쓸쓸함을 예리하게 찾아낸다. 그래서 그 짝을 서로
이어주는 '양말코핀'이라는 빛나는 존재의 힘에 유독 눈길
이 가는 것이다. 양말을 통해 사물의 '짝'과 '쌍'을 이해하는
것이라는 깨달음에 도달한다. 그래서 둘째 수에서 '하나'
와 '한 켤레'라는 의미를 새삼 되새겨보며 "하나는 아무래
도 불안전이 엄습"한다고 진단한다. "한 켤레란 말속에는

결곡함이 스며"든다고 토로하며 "주례사 말끝에 덧댄 비익조 같은 모습"이라고 방점을 찍는다. 비익조란 하나의 눈과 날개만을 가진 새로 한 쌍이 되어야만 서로 의지하고 날 수 있기 때문이다. 동시적 발상으로 출발한 상상이 새와 인간에 이르면서 모든 존재가 식구가 되는 결곡한 지점으로까지 끌고 간다. 시인에게 양말과 새와 사람이 닮아있다는 것만큼 즐겁고 신비한 발견이 어디 있으랴.

이런 발상은 어느덧 자화상에까지 들어온다. "과거는 빛바랠수록 기억이 영롱하다"(「월급봉투」)는 시인의 의식과 내밀하게 연결된다. 영롱한 그 기억들이 마음에 들어서 있다가 하나씩 무너져 간다.

> 지금껏 맑던 거울
> 이제 보니 흐릿하다
>
> 새치가 덮이더니
> 어느새 팔자주름
>
> 팻말이 넘어지듯이
> 아니 벌써 이게 뭔가
>
> ─「도미노 현상」 첫수

거울에 지난 시절이 막 지나간다. 팽팽한 피부와 검은 머리에 느닷없이 새치가 생기고 "어느새 팔자주름"을 낳았다. 시인은 그 지나간 시간의 과정들을 어린이들이 즐기는 '도미노' 게임으로 표현한다. 언급되지 않은 둘째 수에서 "덤벙대며 내달리다/헛돌던 시절"로 드러나는 시인의 젊은 날은 그러나 "발끝에 닿는 것들/차곡차곡 줄 세우며", "자서전 한 귀퉁이를/채"우던 시간이었는데, "팻말이 넘어지듯이" 다 쓰러져버렸다는 것이다. "아니 벌써 이게 뭔가"라는 진술은 한탄이기보다는 자신의 살아온 과정을 서술하는 시인의 재치가 읽는 재미를 더 한다. 이런 감각은 「아카시아 잎」에서는 '가위바위보' 게임이나 혼자서 심심풀이로 떠보는 인간의 운세를 위하여 자신의 몸이 잘려나가는 작은 존재로, 「두더지 게임」에서는 한 군데를 망치로 두드리면 다른 곳이 튀어 오르는 아파트 시세로 자리를 옮겨가기도 한다.

3. 재생되는, 영원의 시간

시인이 사물에 대해 가지는 태도로 또 하나 주목할 것은 시간성인데, 그중에서도 순환적 시간에 근접해 있다. 시인은 일상의 초목에서 매년 반복되는 시간을 체험한다, 그것은 과거 자신의 삶에서 오래 각인된 감각적인 되울림으로 인지되며 생명력 있는 언어로 변환되어 나타난다.

　　매미 울음 잦아들자 봉긋하게 맺힌 망울

　　턱까지 숨이 차게 떠오르는 얼굴 하나

　　발그레 첫 입술처럼 울먹이며 네가 필 때

　　　　　　　　　　　─「동백이라 널 부르면」

　　시인에게 동백은 특별한 의미로 다가온다. 그것은 "매미 울음 잦아들" 때 '봉긋하게 맺힌 망울'을 보면 온몸에 피어오르는 첫사랑에 대한 느낌이기 때문이다. 시인은 자연물 속에 인물을 투사하여 꽃망울에서 그 한때를 기억해 낸다. 중장 "떠오르는 얼굴 하나"를 보고 "턱까지 숨이" 차는, 숫기 없는 젊은 날의 화자를 짐작하게 된다. "발그레 첫 입술"의 설렘으로 시인은 자연에서 이미 탈자연 혹은 초자연의 세계를 넘나드는 것이다. 제목 '동백이라 널 부르면'은 반복되고 재생되는 변함없는 시간성을 노래하고 있는데 아래의 작품도 같은 맥락에서 살펴볼 수 있다.

　　어머니가 반기신다
　　한여름 장마철에

꼬투리 터뜨리듯
튕겨나는 빗방울을

어르고 달래주신다
오롯이 받아내며

푸르고 꼿꼿하다
옛집의 양하襄荷 무리

가슴까지 다 드러난
절절한 뿌리쯤을

숙연히 움켜쥐신 채
날 반겨 앉아있다

―「처마 밑」

　어린 시절 어머니와 잊지 못할 감동적인 한순간을 그리
고 있는 이 시는 그 자체로 무시간적 경험이며 부동화不動
化의 시간으로 영원한 현재라는 시간적 지위를 부여받는
다. 시인의 기억과 연상 속의 '어머니'는 "한여름 장마철
에" "처마 밑"에 앉아 "꼬투리 터뜨리듯/튕겨나는 빗방울

을" 어르고 달래고 있다. 양하蘘荷가 비에 휩쓸려 떠내려가
는 것을 막기 위한 안간힘으로 그녀의 손은 "푸르고 꼿꼿"
한 양하, "가슴까지 다 드러난/절절한 뿌리쯤"을 숙연히
움켜쥐고 계신다. 그러면서 지금까지도 그윽한 모습으로
"날 반겨 앉아있다." '양하'는 가을에 뿌리줄기를 채취하여
말려 약재로 쓰는데, 잘 낫지 않는 종기 상처를 치료하며
뱃속의 해충도 없애 준다. 아마도 어릴 적 나는 잔병치레
를 많이도 하는, 손이 많이 가는 존재였을 것이다. 어머니
가 약한 나를 위한 약재가 될 식물을 움켜쥐고 있는 자애
로운 순간은 그러기에 물리적 시간의 경과와 파괴작용에
영향을 받지 않는 원래의 상태대로 보존된다.

시인에게 양하는 어머니 말씀이 재생되는 시간, 영원의
시간으로서 리얼리티를 선명하게 확보하게 하는 지점이
기도 하다. 이제 시간 의식은 '영원'과 '무시간성'으로 확장
되기에 이른다. 마이어호프Meyerhoff는 영원과 무시간성을
이야기하면서 "오래전에 사장되었던 기억이 원래의 경험
과 같은 정도의 맛과 깊이, 다양성을 갖고 재생될 때 시공
을 초월한 현재specious present 혹은 영원한 현재eternal now
인 무시간을 체험한다Time in Literature, California Univ.
Press"(1968, 17쪽)고 했다.

개인사를 그린 작품 가운데 이런 시간은 "붙잡은 외등
만이 그 시간 그대로다"(「옛집」)에서 나타나는 외등의 눈
빛에도 보인다. 시대 혹은 공적 서사를 다룬 작품에서도

이런 시간의 속성이 드러나는 작품이 있다는 것은 그 자체로도 의미가 깊다.

> 백담사 절 마당에 매월당이 앉아있다
>
> 시 한 편 펴들고서
> 고뇌에 찬 모습으로
>
> 지나온 시간보다도 더 험한 여정으로
>
> 골 깊은 응어리를 목 놓아 토해 봐도
>
> 야광나무 둘레까지
> 어둠이 엄습하고
>
> 결 곧은 그의 눈빛만 밤새도록 환하다
>
> * 김시습 시비.

—「저물 무렵*」

앞의 시가 개인사를 그리고 있는 작품이라면, 이 시는 매월당 김시습이라는 역사적인 인물과 마주침을 반영한 작품이다. 영원한 현재가 역사적 인물에 미친 경우라 판단한다. 백담사 절 마당에 있는 김시습의 시비「저물 무렵」을, 시인은 "시 한 편 펴들고/고뇌"어린 눈빛으로 "매월당이 앉아있"는 모습으로 형상화한다. 시인에게 매월당은 아직도 살아 있는 곧은 정신이다. 문제는 그가 여전히 "지나온 시간" 즉 조선조 초에 그가 생육신의 한 사람으로 유랑하는 당대를 포괄하는 시간보다 "더 험한 여정" 중에 있다는 것이다. 밤에 빛을 발해야 할 "야광나무 둘레까지/어둠이 엄습하"는 캄캄한 시대, 시인은 "밤새도록 환"한 "결 곧은 그의 눈빛"을 주목한다. 그 눈빛은 영원을 집약한 정신이다. 여기서 정신은 극화되고 이미지는 보다 깊은 의미를 띠게 된다. 시인은 매월당을 영원이라는 시간성 속에서 한 시대를 견뎌낸 사람이며 훗날에도 살아남을 영혼으로 고찰한다. 이 시는 결국 매월당을 영원한 시간을 사는 존재로 그려놓음으로써 '영원'과 '무시간성'이라는 시인의 시간 감각과 정신의 한 극점을 보여주는 작품이라 할 수 있다.

4. 사물에 대한 새로운 인식을 통한 일상의 성화聖化

양상보의 시는 쉽사리 자신의 세계관이나 신념을 토로하지 않는다. 일상에서 마주하는 모든 사람과 풍경과 순간을 자신의 내면으로 끌어안아 어울리게 하면서 존재론적 자장을 퍼뜨리는 울림을 가진다. 그러면서도 손쉬운 의인화나 안이한 계몽적 알레고리로 떨어지지 않는 특유의 서정적 긴장을 형성한다.

> 남자는 태어나서 세 번은 운다는 말
> 나와는 상관없어 시시때때 눈물이다
> 어제는 19번 채널로
> 오늘은 6번 채널이
>
> 통제가 되지 않는 막무가내 이 눈물샘
> 누가 또 건드리나 눈시울이 뿌옇다
> 모가 난 성질머리도
> 잡아주지 못한다
>
> 그때마다 내 손길에 기꺼이 뽑혀 나와
> 말없이 닦아주다 제풀에 젖고 마는,
> 마음껏 울어보라고
> 두 겹씩 앉은 여자
>
> ―「그, 모나리자」

이 시는 누구나 알고 있는 레오나르도 다빈치의 명화 「모나리자」의 권위를 전복시키는 자리에서 놀라움이 발생

한다. 제목도 '그, 모나리자'라고 해서 원본 '모나리자'와의 차별성을 확보하고 있다. 이게 반전과 유머로 작용한다. 우선 자기 고백의 솔직성이 돋보인다. 시인은 요즘 들어서 시시때때로 자주 운다. "남자는 태어나서 세 번은 운다는 말/나와는 상관없어 시시때때 눈물이다" 요즘은 자꾸 시인에게 "막무가내 이 눈물샘"을 건드려 "눈시울이 뿌옇"게 한다.

여기 더하여 시인은 자신의 "모가 난 성질머리"마저 노출한다. 그렇다. 이 시는 피하고 싶거나 외면하고 싶거나 감춰두고 싶은, 자신의 부정적인 요소들과의 정면 승부하는 과정에서 낡은 각질이 벗겨지는 새 생명의 몸짓이 온다. 다빈치의 '모나리자'가 그 따뜻한 품위와 미소로 많은 이들에게 영원한 여성성으로 기품을 유지했다면, 이 시의 '모나리자' 티슈는 "내 손길에 기꺼이 뽑혀 나와/말없이 닦아주다 제풀에 젖고 마는", 그것마저도 모자라 "마음껏 울어보라고/두 겹씩 앉은 여자"라고 말한다. 이 시각이야말로 넉넉한 시인만의 여성성을 모성으로까지 치환해 내는 개성적 솜씨를 내포하고 있다.

유머는 '아름다운 명작'이라는 세계 보편의 문화가 식민화할 수 없는 마지막 거멀못이다. 이 시는 티슈라고 하는, 새로울 것이 없는 대상에 대한 반복된 고착에 저항하는 인식으로 일상을 거룩하게 성화한다. 그것은 헌신을 통한 생명의 시간이라는 함의가 배면에 깔려있는 것으로 이해할 수 있다. 이는 그의 개인적인 서사를 통해 발견한 새로운 생명으로 고정관념을 전복하고, 결국 독자에게는 정전이 된 해석으로부터 자유로워지는 힘을 체득하게 한다.

세계 보편 문화가 차이를 배제하는 동일성이 오히려 폭력이 되어 개인의 창조성을 억압할 때. 시인은 그 시선을 기꺼이 역으로 이용하여 개인 기질을 노출하는 무력한 자아를 보여주면서도 의도적으로 선택된 화자의 무력감과 능청스러운 어조를 빗대어 시적 성취감을 십분 발휘하는 것이다.

징용으로 끌려가듯 난바다 끌고 와서

덕장도 동장군도 겹겹이 지켜 섰다

두 눈을 부릅뜬 채로 줄줄이 매달렸다

찌부러진 지느러미 이제 훌훌 털어내고

저울대도 필요 없이 좌판에서 맞은 해방

시장통 봄빛 나들이 꿰인 입이 벌어졌다

—「명태가 웃는다」

해학과 풍자의 미적 추구로 격이 높은 시편이다. 첫수는 명태의 수난을 이야기한다. "징용으로 끌려가듯 난바다 끌고" 왔는데, "덕장도 동장군도 겹겹이 지켜"서 있는 것이다. 그러한 고난 가운데서도 "줄줄이 매달"려 "두 눈을 부릅뜬 채로" 견디는 강인한 명태를 이야기한다. 둘째 수는 첫수의 무거움을 들어낸, 좌판에 놓인 명태의 명징한 유머를 그린다. 명태는 이제 "찌부러진 지느러미 이제 훌훌 털어"낸, 수난을 초월한 육체로 나타난다. 알고 보면 이는 명태가 아니라 시인 자신의 분신에 다름없다. 명태는 무거운 것을 벗어버리고 가벼워진 자아로 "좌판에서" 해방을 맞는다, 그리하여 아름답고 정겨운 "시장통 봄빛 나들이"에 넉넉히 웃고 있는 것이다. 이 시는 무거움과 단호함보다는 일상에서 통찰해 낸 가벼움이라는 미학을 구축하며, 시인의 시적 경향과도 긴밀한 관련이 있는 측면을 보여준다. 다음 시편 역시 시인의 그러한 특징이 여실히 드러난다.

종가의 작은 아내로 시집오신 왕할머니
네 집이 한동네서 엉키듯 살았다고,
그 틈에 팔시 받으며 평생이 그늘이셨지

제대로 마주 앉아 눈도 못 맞추다가
보름달 뜰 때쯤이나 그림자로 다녀갔다고
생전엔 못해본 질투 저리 누워 하시는가

맨 위 산소 자리 이제 한이 풀렸을까
이승에서 못다 한 정 서너 뼘 챙겨가며
이불 속 발을 맞대듯 이야기꽃 한창이다

* 해바라기 모양으로 빙 둘러 자는 잠.

—「해바라기잠*」

산소의 모습이 선명한 그림으로 형상화되고 있다. 종가
의 작은 아내로 시집와서 "네 집이 한동네서 엉키듯 살"면
서 평생 그늘로 살아오신 왕할머니는 "제대로 마주 앉아
눈도 못 맞추다가" 겨우 "보름달 뜰 때쯤이나 그림자로 다
녀가는 삶을 살았다. '그늘'과 '그림자'로 살아온 그 한은
시인에 의하면 "맨 위 산소 자리"에 누워 해소된다. "생전
엔 못해본 질투"도 누워서 하시고, "이승에서 못다 한 정"
도 챙기고, "이불 속 발을 맞대듯 이야기꽃"도 피우신다는
거다. 빙 둘러 자는 '해바라기 잠' 형상의 묘들에서 시인은
사물에 대한 새로운 인식과 인물들 간의 상황 치환을 시도
한다. 인식은 존재의 한 사건이며, 존재의 한 변형, 하나의
조명이다. 혹자는 허구적 상황의 설정이라고 말할 수 있지
만, 해원解冤이라고도 할 수 있는 이런 인식을 통해, 시인은
과학적인 예견을 넘어서는 고달픈 생에 대한 연민과 위무

라는 조명을 넉넉히 만들어 낸다. 시인에게 시를 쓰는 과정은 절제와 인내를 창조로 바꾸는 행위이기도 하다. 이 지점에서 시인의 창작과정으로 넘어간다.

5. 창조를 견인하는 인내의 시

이 장에서는 창작과정에 대한 시, 메타시, 시론시라 읽을 수 있는 몇 편의 작품을 통해 이 시인이 궁극적으로 지향하는 바가 어떤 것인지를 살펴보기로 한다.

묘상苗床의 봄 한철은 세상만큼 넓고 깊다

헛발질 투성이던 내 모습을 물끄러미

일머리 따로 있는 법,
핀잔이 날아왔다

한 자 한 자 써넣는 습자지 복판으로

대책 없이 들이대다 허둥대는 시의 걸음

쉬운 건 어디에도 없다,

그 말씀에 젖는 밤

—「육묘장 연대기」

첫수와 둘째 수가 묘한 대칭을 이룬다. 가족의 육묘장에
서 일을 도왔던 체험을 형상화한 시로 보이는데, 문장의
입체성이 돋보인다. 초장 "묘상苗床의 봄 한철은 세상만큼
넓고 깊다"에서 그 주체는 '모종'일 수도, '나'일 수도 있게
형상화하고 있다. 어린 모종이 크기에 육묘장은 얼마나 깊
고 광활한 공간일까? 마찬가지로 이런저런 모양으로 생육
중인 모종을 돌보는 일 또한 얼마나 깊고 깊은 생각과 민
첩함을 요구하는 일일까? 중장 "헛발질 투성이던 내 모습"
역시 모종이 흙을 뚫고 나오는 모양으로 읽어도 손색이 없
다. 물론 '내 모습'이라는 말 때문에 주체가 '나'로 드러나
지만 말이다. "헛발질 투성이던"은 종장의 "일머리"와도
관련이 되지만 "대책 없이 들이대다 허둥대는" 내 모습과
관련을 가진다. '날아오는 핀잔'은 육친에게서 듣는 지청
구이리라.

둘째 수는 온전히 시작 과정에 대한 묘사다. "한 자 한
자 써넣는 습자지 복판으로"의 '복판'은 시상이 모아지는
중심이다. 문장의 흐름을 타고 핵심에 이르기 위한 시 쓰
기의 고투가 느껴진다. 그러나 그 과정이 어디 쉬운가. "음
표를 짚기도 전에 한 박자를 놓쳤다"(「나의 노래」)고 하듯

114

시의 율조와 방향성은 "대책 없이 들이대다 허둥대"기 일
쑤다. 시란 그렇게 육묘처럼 보듬어 주면서 자라게 해야
하는 생물인데, 그렇게 허둥댔으니 "쉬운 건 어디에도 없
다"는 "그 말씀"에 티슈처럼 젖어들 (「그, 모나리자」) 수밖
에 없다. 이 말씀은 시의 신 뮤즈의 음성이면서 자기 내면
의 음성이기에 이 작품은 시쓰기의 과정에 대한 자신의 심
사가 다 내포된 시편이다.

다음 작품도 소재와 메타시라는 측면에서 「육묘장 연대
기」와 연결되고 있지만, 어머니의 생을 귤나무와 동일시하
고 있다는 점이 입체성을 띤다.

> 산 밭에 심어놓고 아기 업어 싸매듯이
> 짚 한 줌 둘러 묶은 그 겨울의 여린 묘목
> 오래된 필름이 풀리며
> 지난날이 펼쳐진다
>
> 열아홉에 시집오신 어머니도 저랬을까
> 태풍을 둘러막고 혹서기 다 견뎌낸
> 화산섬 기친 숨결을
> 여우볕에 익혔을까
>
> 한번 먹은 마음이야 노랗게 타올라서
> 스치는 손길 눈길 지극함이 통했는지

베어 문 고백 같은 말,

서귀포 귤은 시詩다

——「귤 시다」

    유연한 해조와 리듬을 가진 세 수의 형식 속에 자연과 인간의 오묘한 섭리가 입체적으로 밀도 있게 표현된 시다. 첫째 수는 어린 묘목이 큰 귤나무로 자라는 과정을 그리는데, 초중장의 선명한 유비와 세부 묘사를 생략한 종장의 여백이 개성적이다. "산밭에 심어놓고 아기 업어 싸매듯이/짚 한 줌 둘러 묶은 그 겨울의 여린 묘목"의 묘사는 비슷한 정경도 정경이지만, 아기를 양육하면서 노동해야 하는 어머니의 신산한 "그 겨울"의 삶을 연상하게 한다. 그러고는 바로 "오래된 필름이 풀리며/지난날이 펼쳐진다"로 이어지는데, 이는 성장한 귤나무가 지나간 삶의 연대기를 회상하는 구조다. 둘째 수에서 "열아홉에 시집오신 어머니"의 지난 삶은 '태풍'과 '혹서' 비 오는 날 잠깐 났다가 숨어버리는 '여우볕'으로 합쳐진, 고통으로 점철된 일생이었다. 시인은 이를 '-일까, -을까' 어법으로 효과적으로 형상화한다. 셋째 수는 귤과 어머니의 삶이 교직되어 나타난다. 그런 점에서 초장 "한번 먹은 마음이야 노랗게 타올라서"는 둘이 적절한 균형을 갖추어 스민 구절이다. 중장 "스치는 손길 눈길 지극함이 통했는지"는 귤과 자녀에게 미치는 어머니의 눈길과 손길의 함의를 함께 가진다. 종장 "베어 문 고백 같은 말,/서귀포 귤은 시詩다"는 이 시 전체, 아니 이 시집의 모든 시를 떠받치는 구절이라 할 만하다. '서귀포 귤' 맛은 시큼하면서도 달다. 세상의 혹한과 혹서, 태풍과 비바람을 걸러낸 깊고 달콤한 맛을 함유하기에 시[酸]면서 시詩가 되는 것이다. 여기에 귤과 시를 베어 문 시인의 시 쓰기 비밀이 다 녹아 있다.

지금까지의 논의과정에서 필자는 '숨어 있는 중심', '동심에서 발생한 이미지와 존재론', '재생되는, 영원의 시간', '사물에 대한 새로운 인식을 통한 일상의 성화聖化', '창조를 견인하는 인내의 시'라는 항목으로 『명태가 웃는다』 시집의 특징을 살폈다. 그의 시편은 중심을 은근히 숨기고, 시 구절 속에 특유의 동심이 작동하고 있으며, 순간을 영원화하는 미학을 거느리고 있다. 아울러 사물에 대한 고정된 인식을 거부하고, 고난을 창조로 승화하는 시너지synergy를 가지고 있다. 필자는 이 가운데 어느 부분도 소홀히 할 수 없다고 생각하지만, 양상보 시학의 중핵을 이루는 미학은 그늘을 오래 겪은 나무의 잎이 훨씬 더 짙푸른 빛을 내듯이 시련을 겪었기에 더 깊어진 인생, 인내를 통해 정화되는 삶의 열매가 시로 발현되었다고 할 수 있다. 지금도 끊임없이 양상보 시인은 이런 돌올한 개성을 한껏 펼쳐가는 중이다.

명태가 웃는다

2026년 4월 10일 초판 1쇄 인쇄
2026년 4월 21일 초판 1쇄 발행

지은이 | 양상보
펴낸이 | 孫貞順

펴낸곳 | 도서출판 작가
    (03756) 서울 서대문구 북아현로6길 50
    전화 | 02)365-8111~2   팩스 | 02)365-8110
    이메일 | cultura@cultura.co.kr
    홈페이지 | www.cultura.co.kr
    등록번호 | 제13-630호(2000. 2. 9.)

편집 | 손희 김치성 설재원
디자인 | 오경은 이동홍
영업 | 박영민
관리 | 이용승

ⓒ양상보, 2026. Printed in Seoul, Korea.
ISBN 979-11-24095-38-6 (03810)

값 12,000원